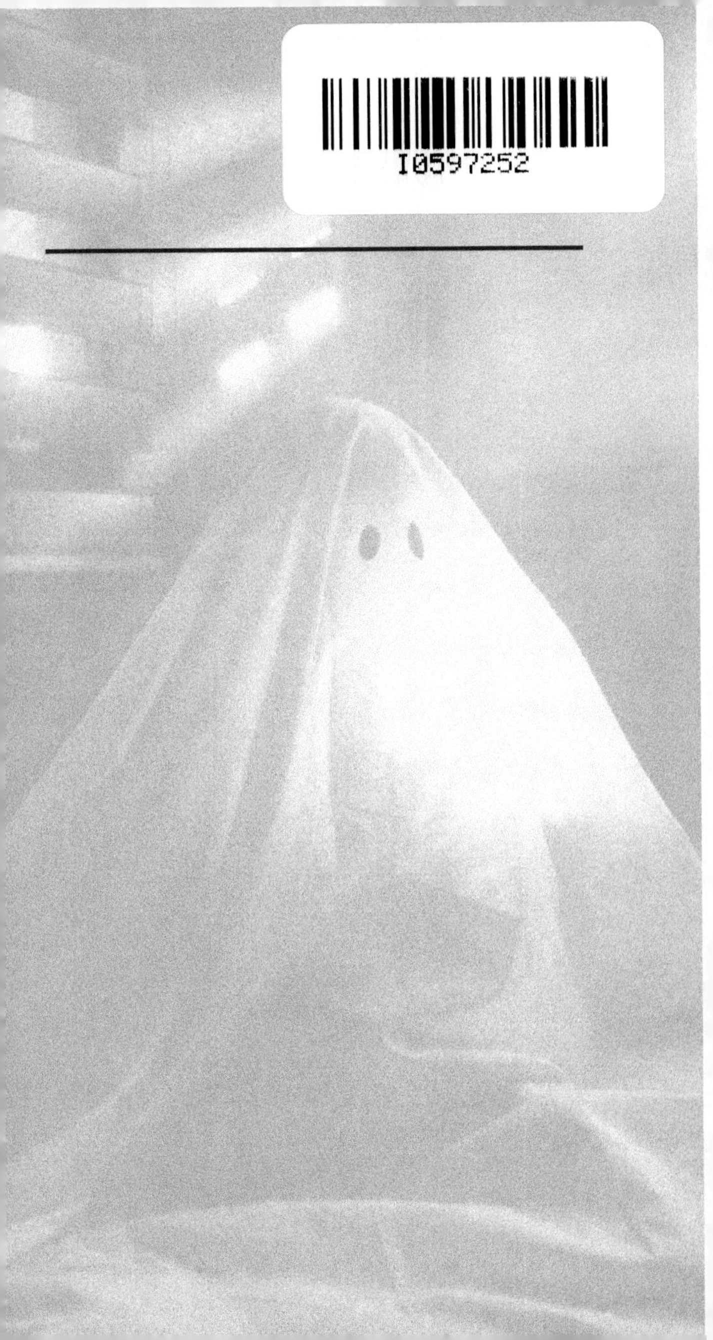

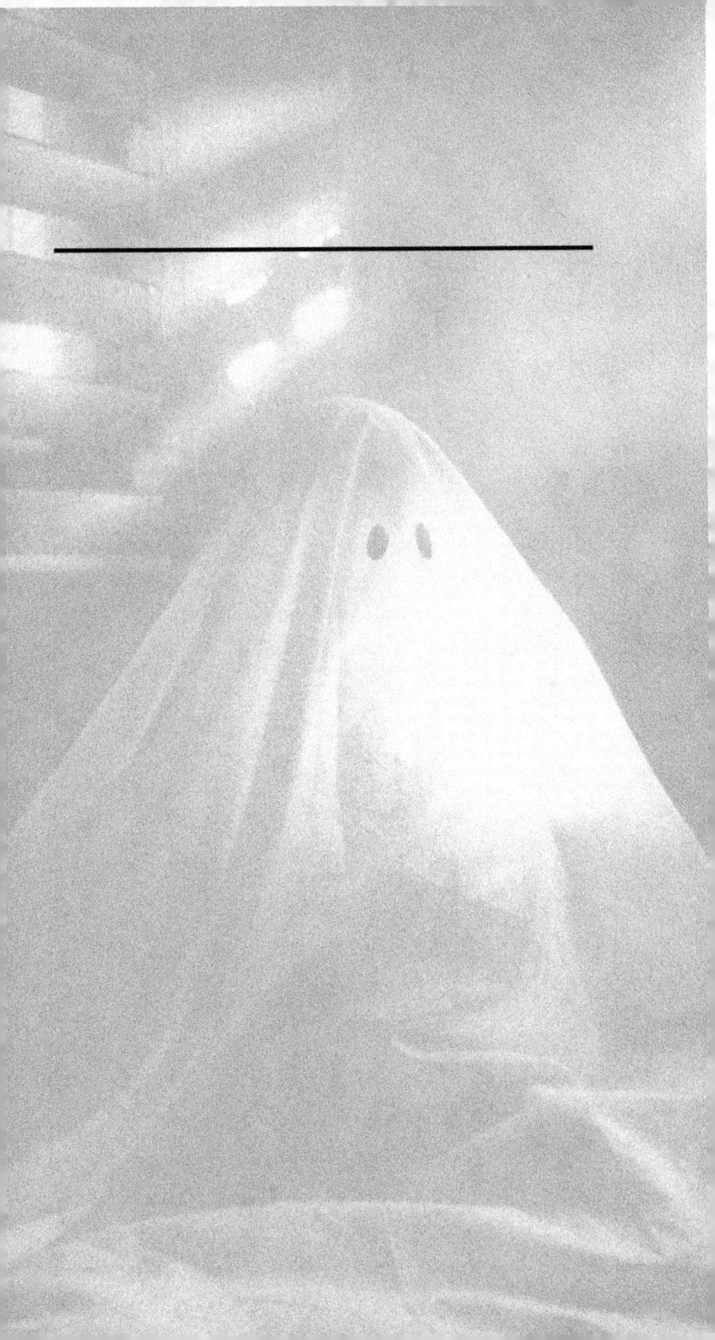

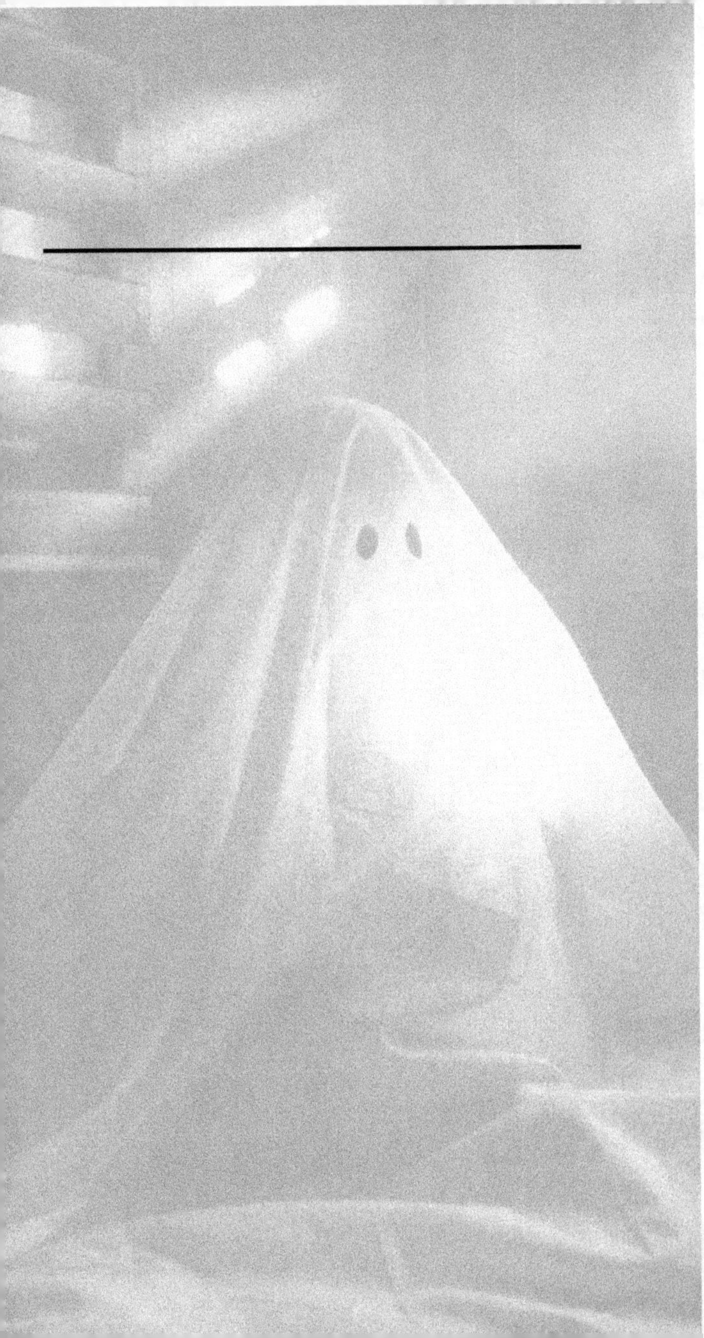

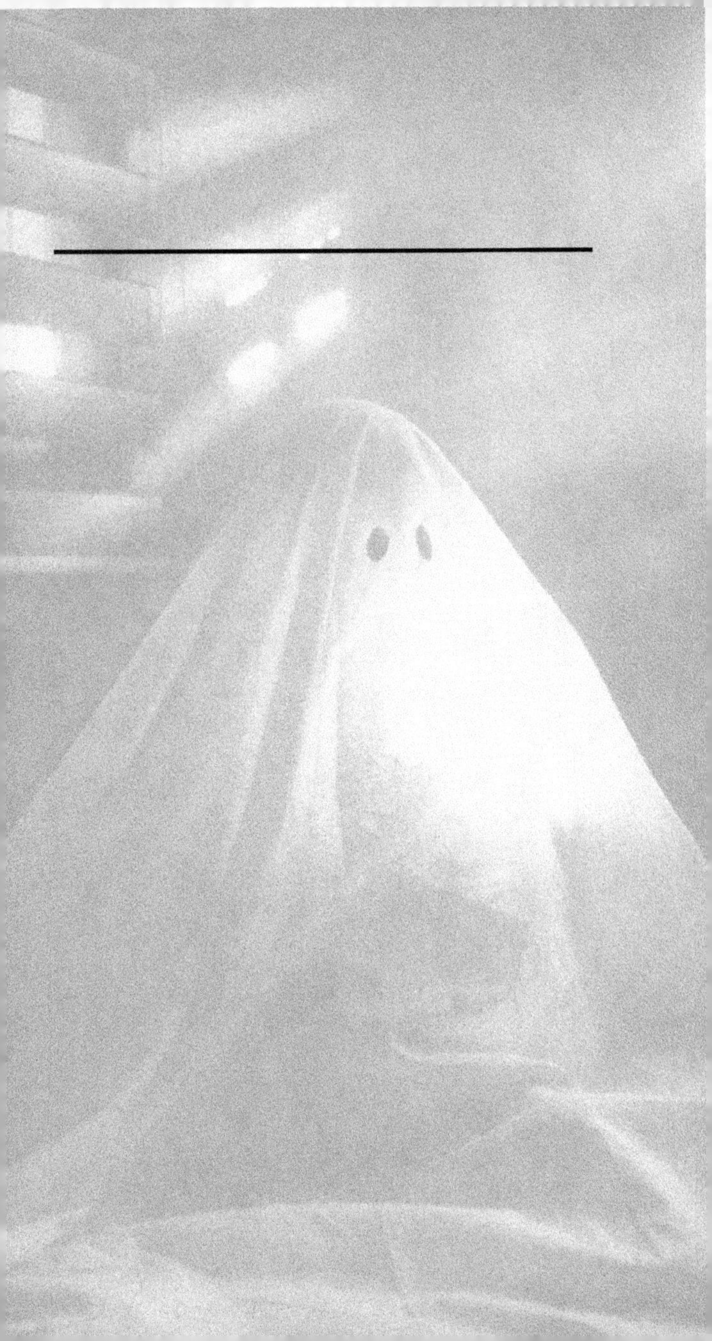

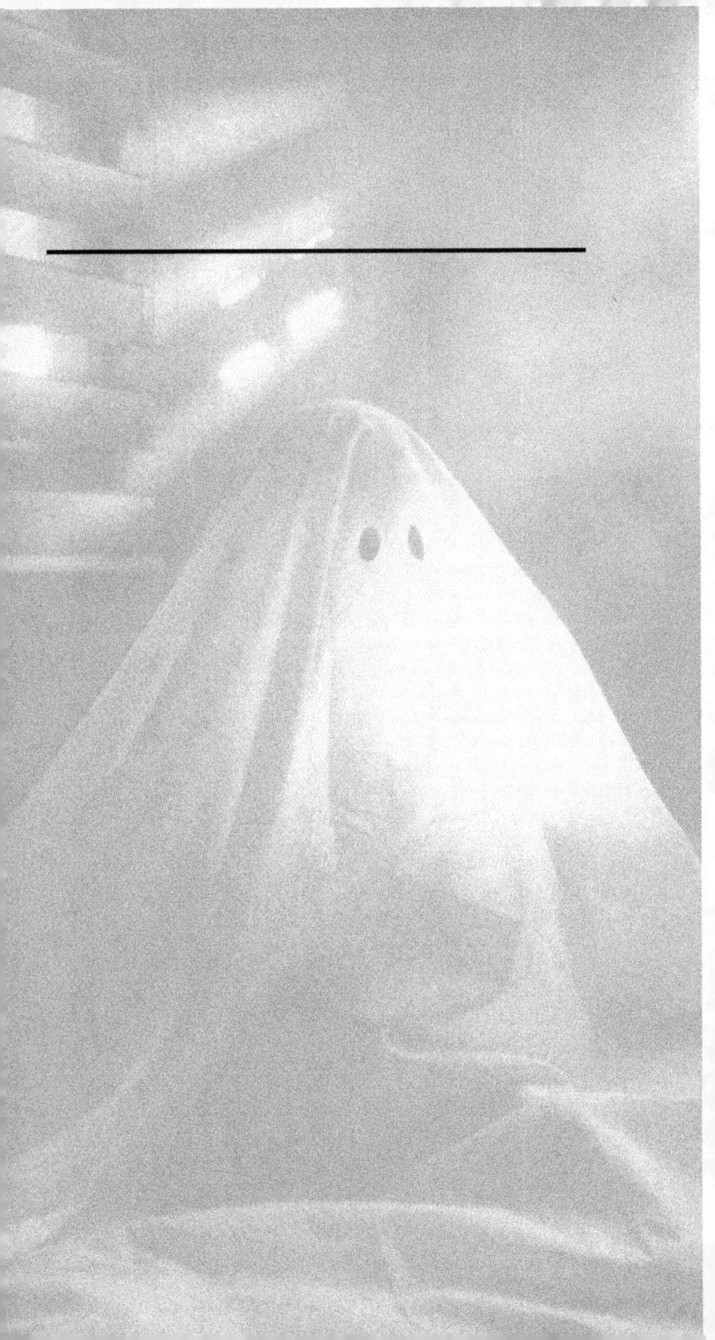

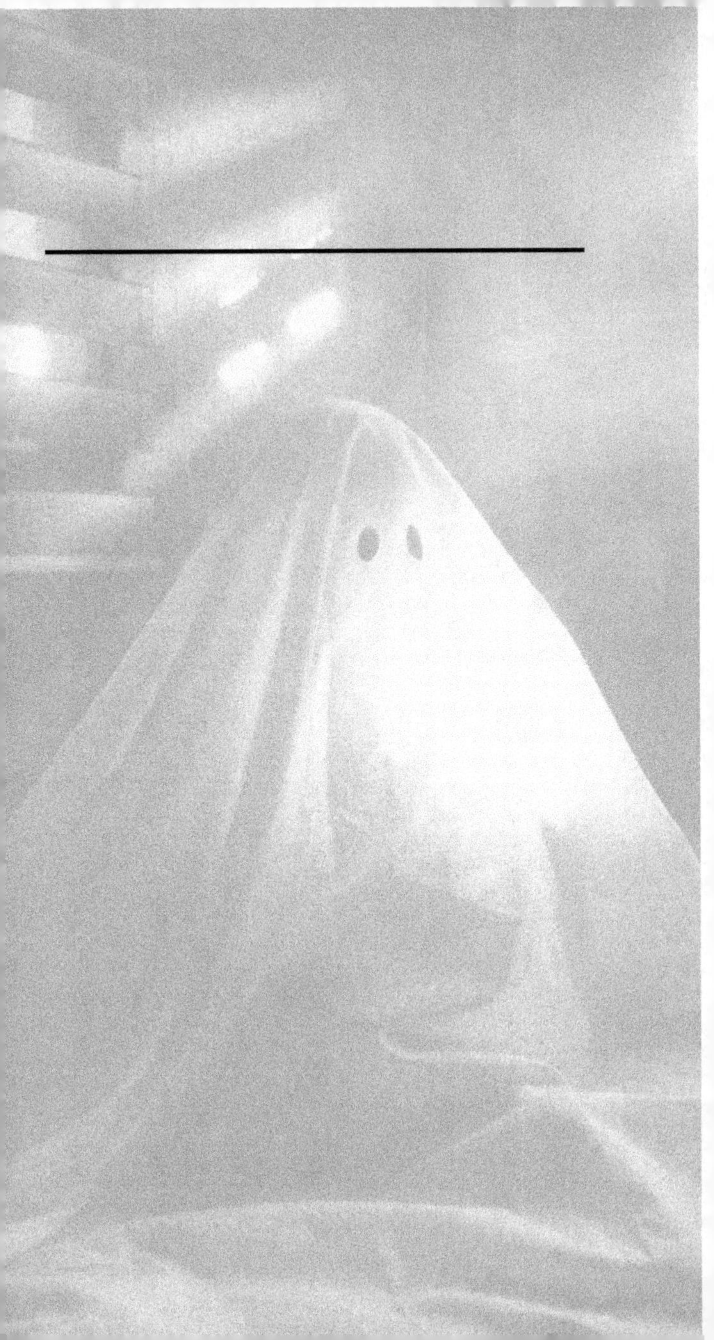

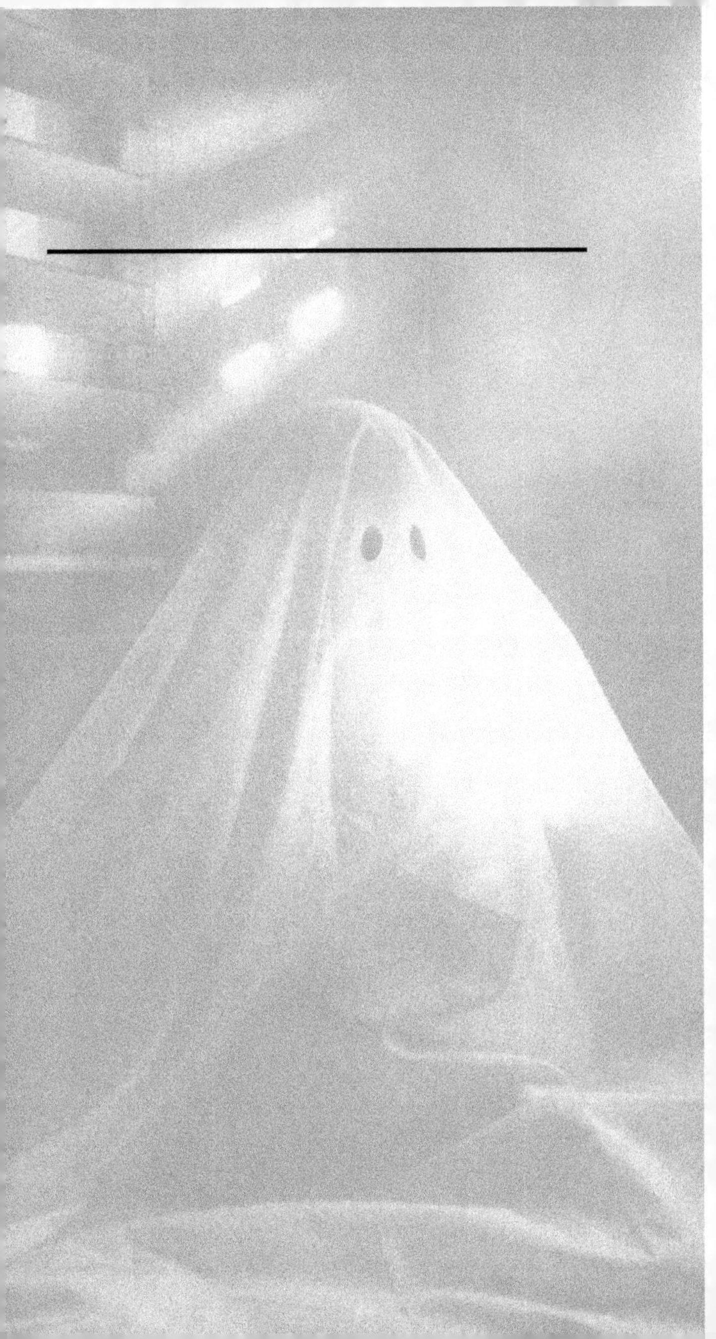

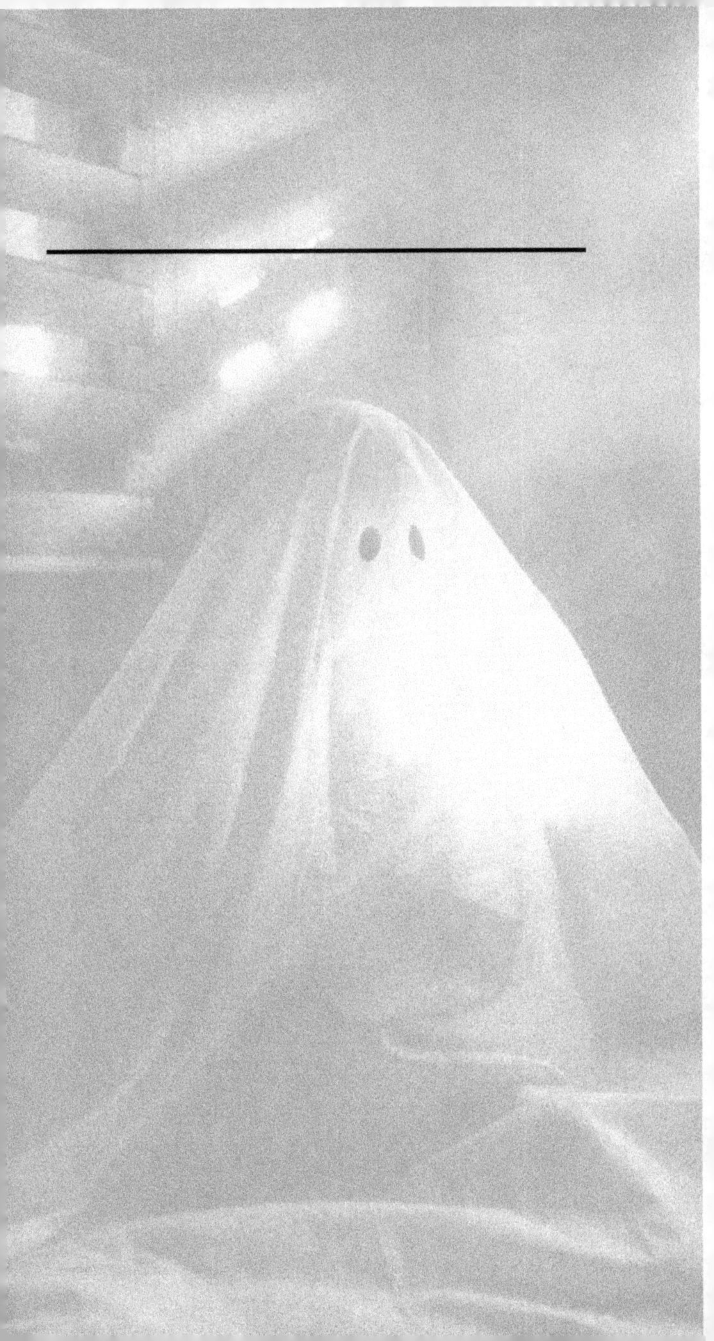

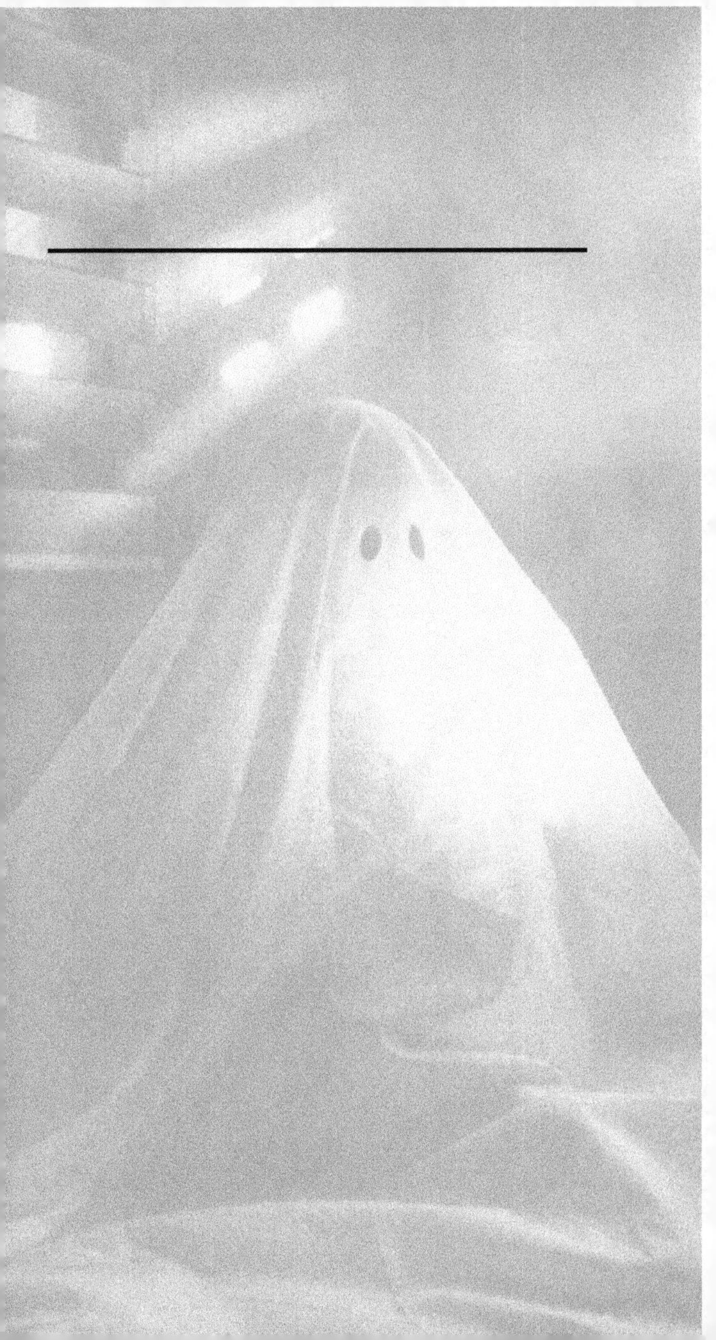

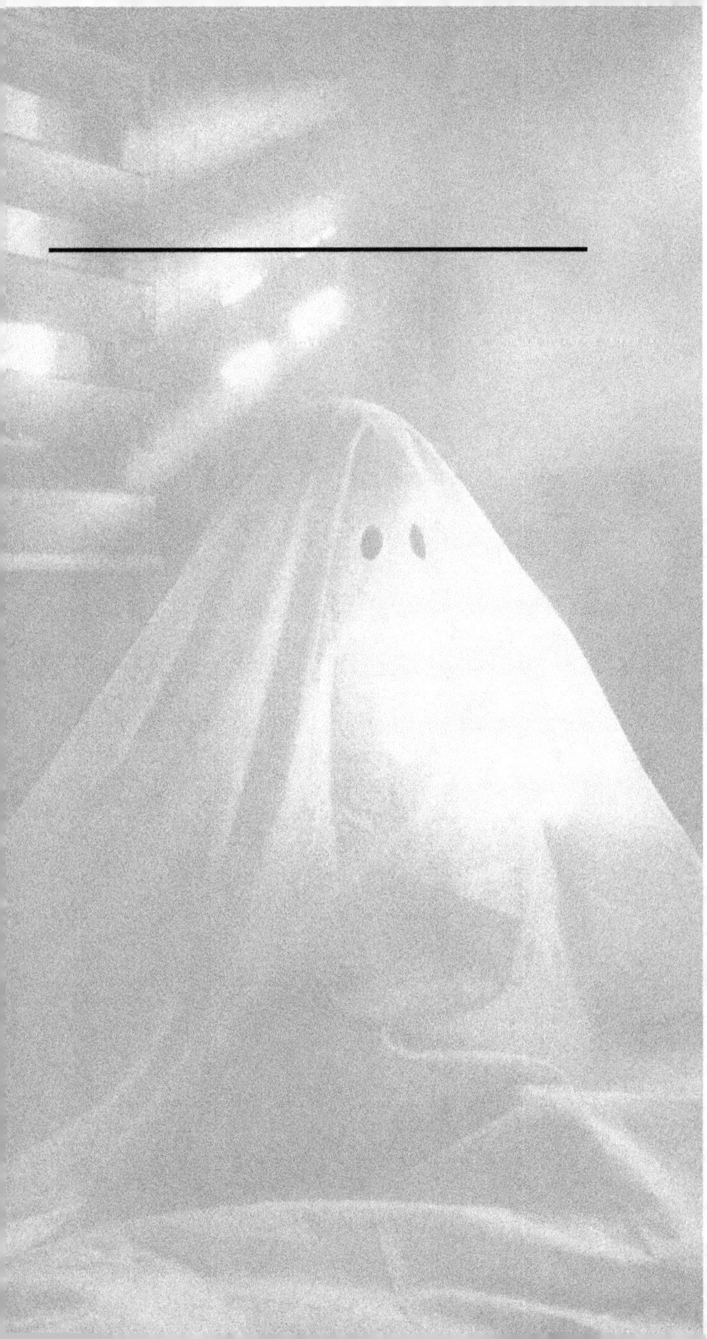

www.ingramcontent.com/pod-product-compliance
Lightning Source LLC
Chambersburg PA
CBHW070913100726
47907CB00008B/2303
* 9 7 8 1 6 3 6 5 7 2 7 4 1 *